9 Mars

VENTE

HOTEL DROUOT, SALLE N° 11

Les Jeudi 9 et Vendredi 10 Mars 1905

A 2 HEURES 1/4

BEAUX MOBILIERS

de Salles à Manger

STYLES GOTHIQUE ET Ier EMPIRE

Meubles anciens

OBJETS D'ART — TABLEAUX

BIJOUX, OBJETS DE VITRINE

Tapis, Tentures

Me Edmond APPERT	**M. Arthur BLOCHE**
COMMISSAIRE-PRISEUR	EXPERT PRÈS LA COUR D'APPEL
5, Rue Chauchat, 5	51, Rue Saint-Georges, 51

EXPOSITION PUBLIQUE

Le Mercredi 8 Mars 1905, de 2 heures à 6 heures

IMPRIMERIE C. CHAUFOUR

8-10 RUE MILTON, 8-10

PARIS

CATALOGUE

DE

BEAUX MOBILIERS

de Salles à Manger

Styles Gothique et Ier Empire

MEUBLES ANCIENS

Bronzes, Porcelaines, Marbres, Emaux cloisonnés
Bois sculptés, Faïences, Armes

TABLEAUX ANCIENS ET MODERNES

parmi lesquels

QUATRE ŒUVRES DE RAFFAELLI

autres de ou attribués à

*Bassano, Boudin, Bourguignon, Breughel, Corréa, De Launay
Delacroix, John Lewis Brown, Eliot, Goya, Greco, Landi
Moloch, Murillo, Pointelin, Ribera, Roydot, Sirat, Téniers
Trouillebert, Vincent, etc.*

BIJOUX — OBJETS DE VITRINE

Tapis, Tentures

dont la vente aura lieu

HOTEL DROUOT — SALLE N° 11

Les Jeudi 9 et Vendredi 10 Mars 1905

A 2 HEURES 1/4

Me Edmond APPERT	**M. Arthur BLOCHE**
COMMISSAIRE-PRISEUR	EXPERT PRÈS LA COUR D'APPEL
5, Rue Chauchat, 5	51, Rue Saint-Georges, 51

Chez lesquels se trouve le catalogue.

EXPOSITION PUBLIQUE

Le Mercredi 8 Mars 1905, de 2 heures à 6 heures

CONDITIONS DE LA VENTE

Elle sera faite au comptant.

Les acquéreurs paieront 10 o/o en sus des adjudications.

L'exposition mettant le public à même de se rendre compte de l'état des objets, il ne sera admis aucune réclamation une fois l'adjudication prononcée.

Imp. C. Chaufour, 8-10, rue Milton, Paris.

DÉSIGNATION

MEUBLES

1 — Très bel ameublement de salle à manger
en bois d'acajou moucheté incrusté de filets
de citronnier et richement garni de bronzes
ciselés et dorés de style Ier Empire ; il se com-
pose : d'un grand buffet ouvrant dans le bas
à quatre portes, le haut d'aspect monumental
ouvre à une porte de chaque côté et au milieu
forme étagère à fond de glace, frontons cin-
trés ; d'une grande table avec piétement à
colonnes, douze chaises à dossiers formes
lyres et dessus en panne frappée en mordoı é,
dessin à rosaces et couronnes ; de la maison
Meynard-Frager.

2 — Grande glace avec cadre en bois d'acajou orné de bronzes ciselés. Style Ier Empire, de la Maison Meynard-Frager.

3 — Deux chaises style Louis XVI en bois sculpté et laqué, dossiers forme lyre, couvertes en soierie brochée.

4 — Bergère de style Louis XV en bois sculpté et doré à rocailles fleuries, couverte en satin rose broché à fleurs.

5 — Commode époque Louis XV, en bois de violette, à deux tiroirs. Signé Schiviork.

6 — Tricoteuse en acajou de style Directoire.

7 — Petite table plaquée de bois de rose, de style Louis XV.

8 — Bel ameublement de salle à manger en noyer sculpté de style gothique exécuté par la maison Devouge et Colosiez se composant d'un grand buffet monumental, un dressoir, une table et douze chaises.

9 — Bibliothèque vitrée en acajou, s'ouvrant à portes.

10 — Beau paravent à quatre feuilles, recouvert de satin rouge richement brodé à branchages fleuris, fleurs et volatiles. Travail du Japon.

11 — Deux fauteuils en bois de fer sculpté **et** ajouré orné d'incrustations de nacre, dessus en marbre. Travail japonais.

12 — Table en bois de fer sculpté orné d'incrustations de nacre. Travail japonais.

13 — Deux socles en bois de fer sculpté et ajouré, dessus en marbre.

14 — Meuble étagère en bois de fer sculpté et ajouré, panneaux ornés d'incrustations de nacre, laque et ivoire.

15 — Coffre de mariage en broderie dans le goût de la Renaissance, sur support en bois noir sculpté.

16 — Petite table en bois sculpté et doré. Style Louis XVI.

17 — Bureau de dame en marqueterie de bois de luxe à écusson fléurdelisé. Style Louis XVI.

18 — Table de salle à manger en noyer avec allonges.

19 — Petit secrétaire chiffonnier en marqueterie de bois de rose et palissandre, formant à l'intérieur bureau à cylindre et s'ouvrant à coulisseaux, garni de bronzes. Epoque Louis XV.

20 — Meuble Louis XVI s'ouvrant dans le haut à coulisseaux et dans le bas à deux portes en bois de palissandre garni de bronzes, dessus en marbre.

21 — Grand chiffonnier de style Louis XVI en acajou orné de filets de cuivre.

21 *bis* — Ciel de lit en bois doré.

OBJETS D'ART

22 — Petite pendule d'époque Louis XVI, signée de Martinot.

23 — Coupe en porcelaine de Chine ancienne.

24 — Plaque en ancienne porcelaine décorée : Entrée du roi de l'Espinette.

25 — Statuette en marbre représentant Mignon, signée Lebrun.

26 — Garniture de cheminée en bronze doré d'époque Empire : une pendule et deux vases.

27 — Paire de grands candélabres en bronze, partie dorée, formés par une statuette de bacchant et de bacchante tenant des cornes d'abondance à neuf lumières, socles en porphyre, ornés de bronze.

28 — Deux potiches en poterie du Japon, dessin polychrome.

29 — Deux éléphants en ancien émail cloisonné, robes blanches, harnachements et vases posés sur les selles à fond jaune et bleu turquoise, dessin en couleur, socles en bois de fer sculpté.

30 — Haut-relief en marbre : la Moissonneuse, de Roulleau.

31 — Paire de flambeaux de style Lonis XV en bronze ciselé et doré.

32 — Vierge en bois sculpté.

33 — Haut relief en bois sculpté : L'Adoration de l'Enfant Jésus.

34 — Bas relief en bois sculpté : La Nativité.

35 — Vase en ancienne porcelaine de Chine fond noir décor en rehaut d'or, monture bronze.

36 — Flambeau-bouillotte en nacre, monture bronze doré avec écran orné d'une peinture, scène de bataille d'Algérie, et avec mouchettes en bronze doré.

37 — Plat en faience décorée : Bergère et moutons

38 — Plat italien : Amour.

39 — Plat italien : Neptune.

40 — Plat en faience avec portrait d'homme (encadré).

41 — Grand et beau brûle-parfums en bronze de Tokio à patine brune, offrant dans le bas une figurine de Japonaise, décoré de médaillons à

personnages, posant sur quatre pieds à dragons enroulés, couvercle surmonté d'une chi-
mère, anses à dragons ailés.

42 — Paire de grands vases en Satsuma décor à
personnages en émaux de couleur sur un fond
d'or.

43 — Paire de vases rouleaux en porcelaine de
Chine fond bleu décor à réserve de fleurs et
animaux.

44 — Paire de vases en porcelaine de Chine,
décor à personnages en émaux de couleur
(signés).

45 — Deux pots à thé en porcelaine de Chine de
la famille rose, décor à réserves de fleurs.

46 — Paire de grands vases et bronze du Japon
décorés en relief de volatiles posés sur des ar-
bustes fleuris, anses à têtes d'éléphants.

47 — Belle jardinière en ancienne porcelaine décorée d'une multitude de personnages.

48 — Paire de grands vases en Satsuma fond
rose décor aux guerriers en rehauts d'or.

49 — Paire de grands vases en bronze du Japon décorés de volatiles en relief, anses à têtes d'éléphants.

50 — Petit brûle-parfums en Satsuma décor à personnages et rehauts d'or.

51 — Paire de grands vases en porcelaine de Chine fond rouge haricot.

52 — Divinité japonaise assise sur une fleur de lotus en bois sculpté et doré, dans sa niche en forme de temple, travail ancien du Japon.

53 — Deux petits vases en Satzuma, décor très fin à personnages en émaux de couleur rehaussé d'or.

54 — Paire de vases en émail cloisonné du Japon fond bleu, décor à volatiles, rosaces et lambrequins.

55 — Petite statuette : La Porteuse d'eau, en métal japonais.

56 — Deux petits vases en métal japonais, décor aux poissons sur un fond d'émaux translucides.

57 — Cache-pot en porcelaine de Chine décor de
personnages, branchages et volatiles en bleu
sur blanc.

58 — Porte parapluie forme tube en porcelaine
de Chine de la famille verte, décoré de fruits
en relief.

59 — Grande vasque en porcelaine de Chine
décor à fleurs et jardinières en bleu sur blanc.

60 — Vide-poche forme coquillage en métal japonais.

61 — Deux petits pots avec couvercles en porcelaine de Chine décor à personnages en bleu
sur blanc.

62 — Cache-pot en porcelaine de Chine, fond
rouge haricot.

63 — Deux grandes bouteilles en porcelaine de
Chine bleu céladon.

64 — Suspension en bronze à trois lampes à gaz
et douze bougies.

65 — Panoplie composée : d'un pierrier Italien XVIIᵉ siècle ; un devant de cuirasse cannelée, une paire de gantelets gravés, une poudrière en corne gravée XVIIᵉ siècle ; trois épées de garde à branche, XVIᵉ siècle ; une épée corbeille espagnole XVIIᵉ siècle ; deux épées Louis XIV, une dague et un poignard à lame courbe.

66 — Quatre sabres de différents modèles.

67 — Forte dague pour la main gauche.

68 — Epée XVIIᵉ siècle avec branche à quillons.

69 — Cartel en bronze ciselé et doré.

70 — Garniture de cheminée, en marbre et bronze composée d'une pendule et deux candélabres.

BIJOUX, OBJETS DE VITRINE

71 — Bague en or enrichie d'un saphir et de diamants.

72 — Broche barrette en or ornée d'une mouche
en diamants et saphir.

73 — Paire de boutons d'oreilles en or formés de
deux perles fines enrichies de diamants.

74 — Epingle de cravate forme trèfle enrichie de
trois perles fines.

75 — Paire de boutons d'oreilles formés de deux
brillants.

76 — Croissant en diamants et saphirs.

77 — Bague en or ornée d'une miniature entourée de diamants.

78 — Bague marquise en or enrichie d'un saphir
entouré de brillants.

79 .– Bague en or ornée d'une perle fine et de deux brillants.

80 — Bague en or ornée de cinq jacinthes et de roses.

81 — Broche forme corbeille enrichie de marcassites.

82 — Trois boutons de chemise en or ornés de perles fines.

83 — Montre en or à remontoir enrichie de diamants et de rubis.

84 — Bague jumelle en or enrichie d'un brillant et d'une perle fine.

85 — Théière en argent, forme vache.

86 — Automobile en argent.

87 — Trois tabatières en onyx, porphyre et sardoine.

88 — Eventail Louis XV à personnages.

89 — Eventail Louis XVI.

90 — Deux éventails Empire.

91-92 — Quatre bonbonnières en porcelaine décorée.

93 — Boite rectangulaire en nacre sculpté.

94 — Boite ronde en nacre sur écaille avec appli-
que en argent doré.

95 — Miniature ovale sur ivoire : le Silence, d'a-
près Baudoin.

96 — Miniature ronde : Jeune femme jouant du
clavecin, d'après Hall.

97 — Miniature ronde : Mademoiselle Clairon.

98 — Sautoir or avec coulant orné de pierres
fines.

99 — Bague en or ciselé art nouveau, enrichie
de diamants.

100 — Bague or ornée d'un saphir entourée de
diamants.

101 — Bague or enrichie d'un rubis avec double entourage en diamants.

102 — Marquise or pavée de saphirs et diamants.

103 — Bague or rivière cinq brillants entre deux rang de rubis.

104 — Deux boucles d'oreilles or et platine deux perles surmontées de diamants.

105-113 — Collection d'environ deux cents netzukés en ivoire, bois et os sculptés.

114 — Deux figurines en biscuit de Niederviller : Berger et petite fille.

115 — Groupe en biscuit : La Sagesse conduisant l'Amour.

116 — Deux figurines en biscuit : Junon et le beau Narcisse.

117 — Figurine genre Saxe : Europe.

118 — Théière et son réchaud en argent repoussé Style Louis XIII.

119 — Tabatière avec montre en écaille Louis XVI.

120 — Revolver à percussion centrale.

121 — Petite toilette de poupée en acajou. Premier Empire.

122 — Miniature ovale sur ivoire : Les Conseils de l'Amour.

123 — Petit cartel bois sculpté et doré Louis XVI.

124 — Cadre cintré en bois sculpté fond de glace.

125 — Pendule Louis XVI en marbre noir garnie de bronzes dorés, à draperie.

TABLEAUX, GRAVURES

127 — BASSANO (Attribué à). Pastorale.

128 — BOUDIN. Navire en détresse.

129 — BOURGUIGNON. Combat de cavaliers.

130 — BREUGHEL (Attribué à). L'Entrée d'un village.

131 — BREUGHEL. Les Horreurs de la guerre.

132 — BROWN (John Lewis). Portrait d'un cuirassier sur un cheval noir et tenant à la bride un alezan.

133 — CORRÉA (Attribué à). Saints.

134 — COROT (Genre de). Paysage.

135 — DAVID (Ecole de). Priam venant réclamer le corps d'Hector à Achille.

136 — DELACROIX (Eugène). Daniel dans la fosse aux lions.

137 — DUVERGER. Portrait d'un magistrat. Pastel.

138 — ELIOT (Maurice). Dans les champs. Pastel.

139 — FRAGONARD (D'après). Le Serment d'amour. Gravure en couleur.

140 — GIORGIONE (D'après Le). Milon de Crotone. Peinture sur bois.

141 — GOYA (Ecole de). Portrait de femme, la tête couverte d'une mantille.

142 — GRECO (Attribué au). Saint François.

143 — HALS-THIERRY. Le Festin.

144 — HÉBÉ. Gravure en couleur.

145 — LANDI (Gaspand). Portrait de Jeune Italienne en robe blanche.

146 — LAUNAY (De). Chevaux et artilleurs.

147 — LOPEZ (Attribué à). Portrait de femme décolletée tenant d'une main un éventail et de l'autre un mouchoir en dentelle.

148 — MENARD (René). Effet de soleil couchant sur la mer.

149-151 — MOLOCH. Portraits-charges de De Selves, Drumont et Doumer.

152 — MURILLO (Ecole de). La Vierge.

153 — PARRA (Attribué à). Fleurs.

154 — PARRA. Fleurs.

155 — POINTELIN. Bords de l'eau. Beau pastel.

156 — PRELLANO. La Sainte Famille.

157 — RAFFAELLI (J.). La Leçon de violon ou le Trio. Œuvre intéressante. Signée à gauche.

158 — RAFFAELLI (J.). Le Peintre au repos. Signé à gauche.

159 — RAFFAELLI (J.). Vaches et poules aux champs. Signé à gauche.

160 — RAFFAELLI. Le Chemineau. Belle œuvre.

161 — REMBRANDT (Ecole de). Portrait de femme vêtue d'un manteau rouge drapée de bleu.

162 — ROYDOT. Entrée triomphale de Charles-Quint à Anvers, d'après Macquart.

163 — Le Choix du modèle d'après FORTUNY.

164 — Les Enfants de France d'après DROUET.

165 — Une Halte de Bohémiens d'après Sébastien BOURDON.

166 — RIBÉRA (Il Spagnoletto). Portrait de vieillard à barbe blanche, appuyé sur une canne. Cadre en bois sculpté ancien.

167 — SCHOEVAERDTS (Mathieu). Paysage flamand.

168-169 — SIRAT. Portraits charges de Rouvier, Rochefort et Clémenceau.

170 — TÉNIERS (Attribué à David). Le fumeur.

171 — TROUILLEBERT. Paysage.

172 — TROUILLEBERT. La mare.

173 — VAN DYCK (D'après). Le Christ à la colonne. Cadre bois sculpté.

174 — VERCHAIN. L'Ile de la Grande Jatte. Aquarelle.

175 — VINCENT (François). Fête villageoise au bord de la mer.

176 — VINCENT (François). Le Retour de la pêche.

177 — WOUVERMANS (Ecole de). Le Départ pour la chasse.

177 *bis* — ECOLE ANCIENNE. Tête de vieillaad. Cadre bois sculpté et doré.

178 — ECOLE ANGLAISE. Bord de rivière, effet de crépuscule.

179 — ECOLE DE CASTILLE. Vierge et Saints. Deux panneaux se faisant pendants.

180 — ECOLE ESPAGNOLE. Portrait d'homme revêtu d'une cuirasse.

181 — ECOLE ESPAGNOLE. La Vierge entourée de nombreux personnages.

182 — ECOLE ESPAGNOLE. Portrait d'homme en habit noir et rouge brodé d'or.

183 — ECOLE ESPAGNOLE. La Vierge et l'Enfant Jésus.

184 — ECOLE FLAMANDE. Portrait d'homme.

185 — EC. FLAMANDE. Intérieur de cuisine.

186 — EC. FLAMANDE. Portrait d'un enfant.

187 — ECOLE FRANÇAISE DU XVIII' SIÈCLE. Portrait de femme en robe de velours-rouge avec manteau de velours vert bordé d'hermine jeté sur les épaules.

188 — EC. FRANÇAISE DU XVIIIe SIÈCLE.
La peinture, panneau décoratif.

189 — EC. FRANÇAISE DU XVIIIe SIÈCLE.
Portrait d'enfants en costume de chasseur.

190 — EC. FRANÇAISE DU XVIIIe SIÈCLE.
Portrait d'homme.

191 — EC. FRANÇAISE DU XVIIIe SIÈCLE.
Portrait de femme (cadre bois sculpté).

192 — ECOLE FRANÇAISE DU XVIIIe SIÈ-
CLE. Portrait de femme en robe de soie or,
un manteau bleu sur les épaules, tenant de la
main droite une fleur et caressant de l'autre
un petit chien blanc couché sur ses genoux.

193 — EC. FRANÇAISE DU XVIIIe SIÈCLE.
Scène galante.

194 — ECOLE HOLLANDAISE. Portrait d'homme
à collerette.

195 — ECOLE MODERNE. Chien et faisan.

196 — ECOLE MODERNE. Marine.

197 — ECOLE VENITIENNE. Marine.

198 — ECOLE VENITIENNE. Portrait de Gode-
froy de Bouillon.

199 — ECOLE DU XVIe SIECLE. Le Christ en
Croix.

200 — ECOLE DU XVIe SIECLE. La décapitation
de Saint-Jean.

201 — ECOLE DU XVIe SIECLE. La descente
de Croix.

202 — Milon le Crotoniate et Persée et Andro-
mède. Deux gravures en noir dans un même
cadre.

203 — Gravure ancienne encadrée : Derniers
moments de Démosthène.

204 — Lot de gravures et un album de dessins et
croquis.

205 — Gravure ancienne en couleurs : Psyché et
l'Amour.

TENTURES. ÉTOFFES

TAPIS

206 — Deux décors de croisées en satin de laine vert avec bandes à dessin Iᵉʳ Empire en jaune mordoré composés chacun de deux grands rideaux avec draperies tombant en bonnes grâces, montés sur bâtons dorés, accompagnés d'embrasses assorties.

207 — Tapis de table analogue.

208 — Grand tapis d'Aubusson, dessins à fleurs.

209 — Grand tapis ancien d'Orient dessin polychrome.

210 — Grande carpette ancienne d'Orient décor polychrome.

211 — Deux portières anciennes de Karamanie.

212 — Tapis d'Orient à dessin polychrome.

213-215 — Suite de six coupes en ancienne soierie brodée à fleurs.

216 — Chasuble en ancienne soierie, fond bleu et rouge.

217 — Trois couvertures rayées de différentes couleurs.

218-223 — Lot de garde-robe de dames, jupes et costumes.

224 — Objets omis.